EPHRAÏM MIKHAEL ET BERNARD LAZARE

LA

FIANCÉE

DE

CORINTHE

LÉGENDE DRAMATIQUE

EN TROIS ACTES

PARIS
CAMILLE DALOU, ÉDITEUR
17, QUAI VOLTAIRE, 17

1888

LA

FIANCÉE DE CORINTHE

IL A ÉTÉ TIRÉ A PART QUINZE EXEMPLAIRES

SUR JAPON IMPÉRIAL NUMÉROTÉS

EPHRAÏM MIKHAEL et BERNARD LAZARE

LA FIANCÉE DE CORINTHE

LÉGENDE DRAMATIQUE

EN TROIS ACTES

PARIS
CAMILLE DALOU, ÉDITEUR
17, QUAI VOLTAIRE, 17

1888

A

CATULLE MENDÈS

LA

FIANCÉE DE CORINTHE

PERSONNAGES :

APOLLONIA.
MANTICLÈS, fiancé d'Apollonia.
BÉRÉNIKÈ, mère d'Apollonia.
MÉNOECHOS, vieux serviteur.
UN PRÊTRE CHRÉTIEN.
STRATYLLIS, }
MYRRHINA, } jeunes filles amies d'Apollonia.
DÉMOPHOS, serviteur de la maison des champs.

UNE SERVANTE, DES GROUPES DE SERVITEURS

La scène est à Corinthe dans la maison d'Apollonia

LA FIANCÉE DE CORINTHE

ACTE PREMIER

Le théâtre représente la cour d'une maison. Dans le mur de droite s'ouvre une porte exhaussée de degrés; dans le mur de gauche, une petite porte parmi les lierres et les vignes vierges. Au milieu, sur quatre marches de marbre, se dresse l'autel. La cour est formée par une haie fleurie, trouée d'une brèche, au-delà de laquelle on aperçoit les champs et les pâles oliviers descendant vers les plaines; et vers la gauche, près du mur, les premiers arbres d'un jardin. C'est une journée tiède et lumineuse, au temps des raisins mûrs.

SCÈNE PREMIÈRE

DÉMOPHOS, MÉNŒCHOS, APOLLONIA

(*Apollonia paraît sur les degrés de la maison. Elle s'appuie à l'une des colonnes de la porte.*)

APOLLONIA

Elle dort! Chère mère, tu reposes d'un salutaire sommeil que depuis longtemps tu ne connaissais plus. Hier encore, quand je franchissais cette porte, c'était pour venir pleurer devant l'autel; et je suppliais les dieux d'épargner ma mère et de me frapper à sa place. Maintenant elle s'est endormie tranquille et souriante. Bientôt, sans doute, elle reviendra s'asseoir auprès de nous sur ces degrés..... (*Elle descend et s'assied au pied de l'autel, rêveuse, elle regarde autour d'elle.*) Comme le ciel est clair! Comme la lumière est douce sur les arbres? Allons,

Démophos, et toi aussi, Ménœchos, je veux qu'aujourd'hui l'autel domestique soit mieux paré que celui des temples. Vite, vite, cueillez-moi des fleurs et des rameaux. (*Démophos et Ménœchos entrent, ils se dirigent vers le mur et se mettent à cueillir des branches.*) Non, pas celui-là, pas celui-là! Ne vois-tu pas dans ce rameau les feuilles jaunies!

DÉMOPHOS

Celui-ci? Il est flexible et doux.

MÉNŒCHOS, *cueillant aussi un rameau*

Celui-ci? Parmi ses jeunes feuilles vertes les grappes noires resplendissent comme des joyaux; il sera l'ornement de ta guirlande.

APOLLONIA

C'est bien, Ménœchos. (*Ménœchos, debout devant elle, la regarde tresser sa guirlande. Elle lève la tête.*) Allons! Tu es déjà fatigué! Il faut des roses encore pour les mêler aux ramures; des roses pourpres et des roses blanches. A quoi penses-tu? Si tu restes ainsi à me contempler, il vaudrait autant avoir près de moi Manticlès.

MÉNŒCHOS

O Apollonia, il te serait sans doute plus agréable d'avoir pour aide Manticlès.

DÉMOPHOS

Les vieillards sont mauvais compagnons de la joie des vierges; ils s'entendent mal à tresser les couronnes, et les fleurs sont plus belles dans les mains heureuses des jeunes hommes.

APOLLONIA

Tu pourras célébrer la jeunesse dans les hymnes

qu'on chante aux Anthestéries. Je veux des roses, à moins qu'il n'y ait plus de rosiers dans la Hellas.

SCÈNE II

STRATYLLIS, MYRRHINA

(Elles viennent du jardin, portant des roses qu'elles jettent en riant sur les genoux d'Apollonia.)

STRATYLLIS et MYRRHINA

Il y en a encore !

(Elles s'assoient sur les marches de l'autel et se mettent à tresser des guirlandes.)

MÉNŒCHOS

Qu'as-tu besoin du vieux Ménœchos pour cueillir les fleurs ! Tes paroles les ont fait surgir autour de toi, plus éclatantes et plus nombreuses que dans les illustres jardins de Rhodes.

STRATYLLIS

Comme dans le troupeau on choisit la plus belle génisse pour les holocaustes, ainsi sur les buissons sanglants nous avons cueilli pour les dieux les plus splendides roses.

MYRRHINA

Nous avons dépouillé le jardin. La prêtresse est-elle contente ?

APOLLONIA

Obéissantes hiérodoules, la prêtresse vous remercie. *(Elle s'arrête un moment et rêve.)* Être prêtresse ! S'avancer en un manteau de lin parmi les foules religieuses et offrir aux déesses les prémices du printemps et les fruits derniers de l'automne..... Mêlée aux théories blanches, invoquer Artémis chasseresse ou la puissante Démèter, et, vierge, intercéder pour la fécondité du monde.....

MYRRHINA

Que penserait de cela l'amant qui va venir, le Khalkidien Manticlès. Apollonia, si tu étais prêtresse, tu n'aurais sans doute pour époux qu'un dieu invisible et lointain.

STRATYLLIS *interrompt, et jette avec impatience une couronne commencée*

Nous ne finirons jamais seules ! Pourquoi Mélitta ne vient-elle pas nous aider ?

DÉMOPHOS

Mélitta est partie.

MÉNŒCHOS

Elle est aux champs, elle surveille les esclaves qui sont dans les vignes, emplissant les grandes cuves. Dans la maison d'Iphis, ce jour fut de tout temps consacré au divin Dionysios. Enfant, j'ai suivi les vendangeurs et, jeune homme, j'ai foulé de mes pieds puissants les grappes mûres ; et maintenant je ne puis même plus mener à la vendange les éphèbes et les vierges.

APOLLONIA

Tu regrettes sans doute de ne plus danser parmi les vendangeurs ? Tu regrettes les vendangeuses folles à la figure ensanglantée de raisins.

(*Les trois jeunes filles se mettent à rire.*)

STRATYLLIS

Célèbrera-t-on cette année les Iobacchies?

MÉNŒCHOS

Le temps des Iobacchies n'est plus; ils ne sont plus les jours où l'on portait dans les maisons joyeuses la cruche de vin couronnée de fleurs, où l'on promenait dans la campagne, derrière le bouc couvert de guirlandes, le phallos glorieux. La Hellas est attristée par des sectes moroses et l'on n'entend plus résonner sur les collines de Korinthe les tympanons et les cymbales.

APOLLONIA, *rêvant*

Les cymbales..... les tympanons.....

MÉNŒCHOS, *se tournant vers la maison*

Antique demeure d'Iphis, le dieu étranger a franchi ta porte! Comme un hôte trompeur ruinant la maison qui l'accueille, il s'est assis à ton foyer, et ton foyer ne brûle plus pour le daïmon familial. Ta femme, Iphis, n'offre plus sur l'autel méprisé les gâteaux de miel et les libations de lait. Elle a oublié les rites vénérables..... Que dis-je? Elle a oublié même son nom. Maintenant Derkèto se nomme Bérénikè et sous ce toit elle adore le Crucifié.

APOLLONIA

Tais-toi, Ménœchos. Ne parle plus de cela. Parle plutôt des anciennes fêtes. Tu es heureux d'avoir vécu en ces temps où les dieux eux-mêmes ordonnaient la joie. Aujourd'hui j'aurais avec ferveur accompli les rites. Je suis joyeuse. Je ris de tout, de toi qui sembles prêt à chanter « Io Bacche », de Myrrhina qui me regarde, de Stratyllis qui s'embrouille en tressant le lierre.

STRATYLLIS

Manticlès n'est pas si joyeux, lui qui s'en va.

APOLLONIA

Khalkis n'est pas loin de Korinthe. Manticlès reviendra bientôt.

MYRRHINA

Tu parles ainsi quand le fiancé est encore près de toi. Tes paroles seraient autres si tu avais vu derrière les lointains promontoires se perdre les blanches voiles de sa galère.

MÉNŒCHOS

Si court que soit le voyage, nulle route sous le ciel n'est sûre pour les hommes. Partout veillent des dieux jaloux. Vierges qui vous avancez vers la maison nuptiale, craignez de rencontrer sur le seuil les Kères éternelles. Prenez garde, vous que souille aux yeux des Olympiens le crime d'être heureux.

APOLLONIA

Aujourd'hui je ne puis croire à la haine des immortels. La joie de la vie fleurit en mon âme. Cette journée d'automne m'est plus douce que les claires aurores du printemps. Iacchos furieux frappe-t-il les vignes aux belles grappes et Zeus a-t-il jamais puni de sa foudre les amandiers en fleurs? Les dieux nous aiment, Ménœchos. Vois : Manticlès s'éloigne et depuis longtemps la maladie cruelle enferme ma mère dans la maison et cependant j'espère et je ris. N'est-ce pas une main divine qui écarte de moi la tristesse ?

(*A ce moment une voix retentit dans la maison, c'est Bérenikê qui appelle.*)

Ménœchos ! Ménœchos !

MÉNŒCHOS

Me voici ! (*A Apollonia.*) Ta mère m'appelle.

(*Il sort.*)

SCÈNE III

APOLLONIA, STRATYLLIS, MYRRHINA

APOLLONIA

Que lui veut-elle ? Sa voix est étrange.

STRATYLLIS *un peu troublée*

Je l'ai toujours entendue parler ainsi.

(*Démophos lui présente un rameau. Elle le refuse du geste.*)

STRATYLLIS

Non, c'est assez, je ne veux plus tresser de guirlandes.

(*Démophos sort, Stratyllis et Myrrhina s'avancent vers la maison, écoutent et se parlent bas. A ce moment on frappe à la petite porte.*)

APOLLONIA

C'est Manticlès !

STRATYLLIS *s'avance vers la porte, suivie de Myrrhina. Elle ouvre.*

C'est Manticlès.

(*Manticlès entre.*)

SCÈNE IV

APOLLONIA, STRATYLLIS, MYRRHINA, MANTICLÈS

MANTICLÈS

Salut à toi, Stratyllis! Salut à Myrrhina!

STRATYLLIS

Erôs t'aveugle-t-il à ce point que tu ne voies pas Apollonia?

MYRRHINA

Est-ce nous qui t'empêchons de la voir? Viens, Stratyllis, allons achever de cueillir les roses.

(Elles sortent par le jardin.)

SCÈNE V

MANTICLÈS, APOLLONIA

(Pendant que les jeunes filles disparaissent, ils se regardent, les mains unies.)

MANTICLÈS

Apollonia!..... Regarde-moi ainsi, silencieusement, regarde-moi encore de tes doux yeux de vierge et laisse sur mes bras ton corps s'incliner, pareil au souple sarment des treilles..... Ma blanche fiancée, tu es belle comme ne le fut nulle nymphe, et ils n'ont pas connu mieux que moi le bonheur suprême, les héros qui furent élus entre les hommes pour recevoir des baisers de déesses.

APOLLONIA

Bien-aimé!..... Là-bas, dans la palestre poudreuse où jouait la jeunesse, tu m'es apparu comme un roi victorieux au milieu de captifs sans gloire. Il me semble qu'avant toi je n'avais jamais vu d'éphèbes. Tu viens vers moi, pareil au dieu resplendissant qui se lève dans les cieux, et, quand tu t'en vas, je te contemple au loin, triste et ravie, comme on regarde le soleil disparaître sur la mer. Depuis hier, je ne t'avais pas vu!

MANTICLÈS

Je t'ai vue!

APOLLONIA

Tu m'as vue?

MANTICLÈS

Oui. Sur une galère aux voiles de pourpre, je t'emportais vers mes hautes demeures, vers la grande île d'Euboia. Tu étais assise sur un escabeau d'ivoire, plus radieuse qu'Hélènè, et, dans le lointain, je voyais déjà paraître les murailles de Khalkis. Mais, devant le vaisseau rapide, fuyait la ville, comme devant le chasseur les roses flamants. J'étais couché à tes pieds et j'oubliais la mer, j'oubliais les prochains rivages. Insoucieux, je buvais tes regards. Au milieu du vaste océan, le navire voguait sans pilote et sans rameurs. Pareils aux ancêtres de la Hellas, pareils à Deukaliôn, fils de Prométheus et à la divine Pyrrha, nous flottions sur la terre engloutie par une nouvelle colère de

Zeus. Soudain s'éleva devant nous une cité prodigieuse qui semblait bâtie par les Titans. Elle étageait sur une colline blanche ses temples et ses palais, et dans son Pnyx se dressaient d'innombrables statues. La foule encombrait les places et les rues; et les hommes étaient forts comme des athlètes, et les femmes avaient la beauté des Kharites immortelles. Les éphèbes se pressaient dans les gymnases et sous les portiques de marbre, où retentissait la parole des sages. Partout des guerriers majestueux préparaient les glaives pour les batailles et se hâtaient vers les forges rouges où les armuriers battaient le fer, ciselaient les boucliers, aiguisaient les javelots. Par les portes d'argent, des chariots attelés de bœufs apportaient les vendanges vermeilles; d'admirables troupeaux paissaient dans les prairies vertes, et, dans les champs inépuisables, les blés splendides renaissaient sous la faux des moissonneurs. Nous regardions cela et nous nous demandions l'un à l'autre quel était ce peuple puissant et riche, aimé des dieux, lorsque nous entendîmes dans l'air une grande voix qui nous disait : « C'est ta race, ô Manticlès; ces hommes sont sortis de tes flancs, Apollonia! » Alors la ville devint trop petite pour nos générations futures, et les murailles s'entr'ouvraient, et l'enceinte s'élargissait quand le chant du coq me réveilla.

APOLLONIA

Manticlès, tes paroles sont magiques et ta voix est pour moi comme la flûte puissante dont l'harmonie enivre les Korybantes. Parle-moi encore, redis-moi les songes que t'envoient les dieux bienfaisants.

MANTICLÈS

A quoi bon s'entretenir de mes rêves! Tu es là

maintenant. Que sert-il de parler de visions vaines quand je puis te serrer dans mes bras et de mes lèvres baiser ton front!

(*Il l'embrasse.*)

APOLLONIA *le regarde un instant; puis, les yeux noyés, regardant dans le vide, elle se parle à elle-même*

Quand viendra-t-elle l'aube éclatante où, loin des étrangers, nous marcherons seuls dans nos jardins aux portes closes parmi les lauriers et les troënes?

MANTICLÈS

Laisse ma tête s'ensevelir dans ta chevelure fauve; que nos haleines se mêlent, que les battements de nos cœurs se confondent. Ils sont aimés des Immortels ceux qui meurent jeunes. Je voudrais que les Euménides nous reçoivent tous deux au seuil de l'Hadés, comme des amants fugitifs dans un bois sacré; car j'ai peur de périr séparé de toi.

APOLLONIA, *effrayée*

Tais-toi, Manticlès! Quelle divinité mauvaise te souffle ces paroles? Un frisson d'épouvante s'est emparé de moi. Tais-toi, ne parle plus de la mort!

MANTICLÈS

Comment n'y pas songer? Je pars, Apollonia, et il me semble qu'en sortant de ta maison bien-aimée je quitte la terre radieuse. Je te dis adieu, et je crois saluer pour la dernière fois les belles campagnes et la douce lumière des vivants.

APOLLONIA *lui met la main sur la bouche*

Tais-toi! J'ai supplié les Okéanides. Ainsi qu'elles guident vers Délos la trirème sacrée, ainsi elles conduiront à Khalkis le navire qui porte mon fiancé.

MANTICLÈS

Tu as raison : à travers la mer paisible, mon navire atteindra la blanche Khalkis et j'entrerai dans le port familier. Les jeunes filles de ma demeure m'aideront à préparer la maison nuptiale. Bientôt je reviendrai te chercher et nous fuirons ensemble vers les jardins que tu rêvais.

APOLLONIA *s'avance vers l'autel*

Puissant fils de Khronos, toi qui, vêtu d'une armure d'or, fends les flots glauques et conduis sur l'Océan tes chevaux à la corne d'airain; entends ma voix, ô Poseidaôn. Toi qui prosternas dans la poussière le fier Hippolytès, toi qui brisas les vaisseaux du redoutable Aias, sois favorable à mon bien-aimé. Époux d'Amphitrité, souverain des tempêtes, roi de la mer, toi qui entoures la terre, toi qui l'ébranles par ton trident et l'épouvantes par ta voix, sois-nous favorable. Dieu à la chevelure bleue, ancêtre honoré à Eleusis, créateur, fécondateur, voyant, maître des Tritons et des Okéanides, toi que les vierges servent à Korinthe; ô Poseidaôn, reçois mes offrandes de myrrhe et d'encens; protecteur des nefs rapides, exauce mes vœux.

(Elle recule et marche vers Manticlès. Le jeune homme l'attire sur sa poitrine.)

MANTICLÈS

Je t'aime, Apollonia!

Ils restent un instant enlacés. Manticlès se dégage brusquement et crie :

Adieu!

APOLLONIA, *tendant les bras vers lui*

Manticlès!

MANTICLÈS, *se retournant*

Adieu! (*Il revient, l'embrasse encore et s'enfuit.*)

APOLLONIA, *avec un sanglot*

Manticlès!

(*Elle va vers l'autel, l'entoure de ses bras, reste un instant immobile, agenouillée. Puis elle se relève plus calme.*)

SCÈNE VI

APOLLONIA, STRATYLLIS, MYRRHINA

MYRRHINA

Il est parti.

APOLLONIA

Parti!.....

STRATYLLIS

Console-toi; dans quelques mois, entourées de nos compagnes, la chevelure ornée d'hyacinthe, nous invoquerons Lètô au voile sombre, protectrice de la jeunesse, et nous chanterons à ta porte les chœurs hyménaiens.

APOLLONIA

Dans quelques mois!..... A peine est-il disparu... Et avec lui s'est éloignée la joie. Quand je le savais près de moi, à Korinthe, jamais aucune crainte ne m'assaillait. Maintenant je ne dirai plus le soir, lorsque le soleil couchant voilera de pourpre la mer profonde : « Manticlès va venir ! » Et dans les crépuscules violets, nous ne marcherons plus ensemble au milieu des parterres éclatants de roses.

STRATYLLIS, *à Myrrhina*

Ne vaut-il pas mieux, à jamais insoucieuse des noces fleuries, rester à filer la laine dans la chambre des vierges que de se soumettre ainsi tout entière à Kypris.

MYRRHINA

Règles-tu toi-même ton destin ? Prétends-tu échapper au royal Erôs, maître des hommes et des dieux ? Les poètes disent qu'il vainquit les magnanimes héros et les Olympiens vénérables, et qu'il trouble même les morts.

SCÈNE VII

MÉNŒCHOS *entre*

Apollonia !

APOLLONIA

Qu'y a-t-il donc, Ménœchos ? Pourquoi trembles-tu ainsi ? Tu es pâle comme un messager de mauvaises nouvelles.

MÉNŒCHOS

Ta mère t'appelle... va, te dis-je. Elle veut te voir.

Abandonne tes guirlandes, Apollonia; car peut-être Bérénikè ne cueillera plus bientôt que les fleurs des champs d'asphodèles.

APOLLONIA *pousse un cri de terreur, et les bras étendus, sa chevelure dénouée épandue en flots d'or fauve sur ses épaules, elle se précipite dans la maison.*

SCÈNE VIII

STRATYLLIS, MYRRHINA, MÉNŒCHOS

MÉNŒCHOS, *s'avançant vers l'autel*

Est-ce l'heure de votre vengeance, daïmones de la maison?

STRATYLLIS et MYRRHINA

Que se passe-t-il donc?

MÉNŒCHOS

Je l'ai trouvée assise sur son lit, les yeux creusés de fièvre, le visage pâle. Elle a tendu les bras vers moi et m'a fait signe de m'asseoir près de sa couche : « Reste là, Ménœchos, m'a-t-elle dit; je ne veux pas être seule, la mort vient. » Ensuite elle m'a demandé si la nuit s'approchait. J'ai écarté les rideaux des fenêtres; elle a vu le ciel déjà rougi par le crépuscule, et tout bas elle a murmuré : « C'est bien, il arrivera à temps celui qui doit me sauver. »

MYRRHINA

Elle espère donc encore?

STRATYLLIS

Quel médecin doit venir?

MÉNŒCHOS

Nul médecin ne viendra. C'est le prêtre de son dieu qu'elle attend, celui qui l'a éloignée de nos autels sacrés; celui-là!

SCÈNE IX

Pendant que Ménœchos parle, le prêtre paraît à gauche sur le seuil de la porte. Il est vêtu d'une robe de laine brune, et tient à la main un long bâton de cyprès recourbé en forme de houlette. Sa chevelure blonde est séparée en deux ondes égales, une bandelette d'or étreint son front, et sa barbe flave et frisée descend en deux pointes sur sa poitrine. Il traverse la cour, se détourne pour ne pas passer devant l'autel, et s'arrête un instant devant Ménœchos, qu'il regarde.)

LE PRÊTRE

La paix soit avec vous, mon frère.

(Il entre dans la maison; le vieillard le suit. Stratyllis et Myrrhina, effrayées, entourent l'autel.)

FIN DU PREMIER ACTE

ACTE II

Près de la haie, des serviteurs sont debout. Apollonia, Stratyllis et Myrrhina sont assises au pied de l'autel. C'est la fin de la nuit. Les étoiles s'éteignent. Dans les lointains, de matinales brumes violettes flottent sur les oliviers dont les feuillages peu à peu s'éclairent; des lueurs de cinabre envahissent lentement le ciel.

SCÈNE PREMIÈRE

LES SERVITEURS, APOLLONIA, STRATYLLIS, MYRRHINA

LES SERVITEURS (*Ils étendent les mains vers le ciel.*)

Hélas! hélas! hélas!

STRATYLLIS

Écarte de nous la mort.

MYRRHINA

Sois propice, sois favorable, protège-nous.

LES SERVITEURS

Hélas! hélas! hélas!

APOLLONIA

Toi qui es honoré dans la maison d'Iphis, ne nous abandonne pas. Divine Aurore qui va venir, n'ouvre pas au malheur les portes du monde.

STRATYLLIS

Devant toi nous sommes suppliantes.

MYRRHINA

Entends nos prières.

LES SERVITEURS

Hélas! hélas! hélas!

APOLLONIA

O mon père, toi qui es là-bas au bord des fleuves de l'Hadès, ira-t-elle te retrouver?

(*Elle cache sa tête dans ses mains. Un silence.*)

STRATYLLIS *se lève et s'avance vers le jardin*

Le jour paraît. Les arbres du jardin frissonnent enfin dans l'air lumineux. Que les heures de cette nuit ont été lentes!

MYRRHINA

Le glorieux soleil s'avance. Peut-être réjouira-t-il la maison.

APOLLONIA

Puissant Phoibos qui éloigne la douleur, fais luire sur nous un matin salutaire!

LES SERVITEURS (*Ils s'inclinent du côté de l'Orient.*)

Soleil vainqueur, tourne ta face vers nous.

VOIX DU PRÊTRE *dans la maison*

Notre père qui es aux cieux, que ton nom soit sanctifié, que ton règne arrive, que ta volonté soit faite, sur la terre comme aux cieux.

APOLLONIA

Le prêtre! Il est encore là.

VOIX DU PRÊTRE, *qui va en s'éteignant lentement*

Donne-nous notre pain quotidien; pardonne-nous nos offenses comme nous pardonnons à ceux qui nous ont offensé; ne nous induis pas en tentation, délivre-nous du mal. Amen.

STRATYLLIS

J'ai peur de cet homme. Sa voix m'épouvante, et la vieille Drosilla m'a dit que ces prêtres étrangers étaient des magiciens.

MYRRHINA

Souvenez-vous de notre compagne Sostrata. Un de ces hommes lui a dit des paroles mystérieuses, et, depuis lors, on ne l'a plus entendue rire parmi les jeunes filles. Autour des belles fontaines, elle ne chante plus avec nous les chansons antiques. Elle passe tristement, loin des vierges, humble et tremblante, comme une suppliante qui va vers les sanctuaires.

APOLLONIA

Pourquoi dit-il cette prière? Je veux savoir.

(*Elle sort.*)

SCÈNE II

MYRRHINA, *prenant en main une guirlande de l'autel*

Feuillages cueillis joyeusement pour être offerts sur les autels, cette nuit de deuil vous a fanés.

UN SERVITEUR, *montrant la haie*

Regarde; les caresses du jour triomphant semblent faire éclore d'autres fleurs.

STRATYLLIS

Avec les ténèbres, ma peur s'est évanouie. La lumière du matin doit nous défendre de la mort.

(Les serviteurs sortent par la brèche et se dispersent dans les champs.)

SCÈNE III

Apollonia paraît sur le seuil de la porte de droite. Elle est pâle et chancelante. Stratyllis s'avance à sa rencontre

APOLLONIA, *d'une voix sourde*

Elle va mourir!

STRATYLLIS et MYRRHINA

Mourir!

APOLLONIA

Je ne pouvais entendre les paroles qu'elle disait tant sa voix était faible et voilée. Mais le chrétien s'est approché d'elle; alors elle s'est ranimée et m'a ordonné de sortir pour les laisser encore seuls.

MYRRHINA

Et lui, lui, que dit-il? N'y a-t-il aucun remède?

APOLLONIA

Quel remède guérirait un mal étrange qui nous vient de dieux inconnus et mauvais?

STRATYLLIS

Peut-être quelqu'un, en frappant sur le rhombe d'airain, a brûlé des lauriers sur l'autel d'Hécatè en prononçant le nom de Bérénikè.

MYRRHINA

Il y a des herbes enchantées qui tuent les hommes comme la plante hippomane rend furieuse les cavales.

APOLLONIA

Elle dit elle-même que son mal vient du ciel..... Du ciel!... Je crois voir surgir autour de moi d'innombrables dieux ennemis. Myrrhina, Stratyllis, secourez-moi..... Mourir!... Oh! je veux la sauver, Stratyllis, je ne veux pas qu'elle meure. Si je pouvais donner ma vie pour la sienne! Hélas! hélas! auquel des immortels offrirai-je des sacrifices?

MYRRHINA

Offre donc à Asklépios la manne?

STRATYLLIS

Envoie à Sicyone pour implorer Hygeia.

SCÈNE IV

MÉNŒCHOS *entre*

MÉNŒCHOS

Ce n'est plus aucun de ces dieux que tu devras implorer maintenant, Apollonia. Ta mère t'a consacrée au crucifié.

APOLLONIA

Est-elle sauvée?

MÉNŒCHOS

Je les ai entendus. Le prêtre disait qu'elle avait excité la colère de son dieu et elle s'est accusée de t'avoir laissée sacrifier aux Olympiens.

APOLLONIA

Si ce crucifié doit sauver ma mère, je jure *(Ménœchos fait un geste pour l'arrêter)* je jure de m'incliner en suppliante devant lui et de l'adorer.

SCÈNE V

LE PRÊTRE *descend lentement les degrés et traverse la cour. Apollonia le retient par son vêtement*

APOLLONIA

Tes dieux sauveront-ils ma mère?

LE PRÊTRE

Notre dieu la guérira.

APOLLONIA

Penses-tu qu'il accueille ma prière?

LE PRÊTRE

Il reçoit avec joie la supplication des pécheurs ramenés et des gentils qui viennent vers lui.

APOLLONIA, *à Stratyllis et à Myrrhina*

Allez donc chercher le lait parfumé, le miel

blond et les figues vermeilles pour les offrir à ce Christ.

LE PRÊTRE, *aux jeunes filles*

Arrêtez!

APOLLONIA

N'est-ce pas le sacrifice qui lui agrée? Se contente-t-il de fleurs, exige-t-il le sang d'un agneau sans tache.

LE PRÊTRE

C'est lui, l'agneau. C'est lui la victime de l'éternel sacrifice. Si tu veux être sa servante, abandonne tes dieux.

MÉNŒCHOS

Ne le crois pas, Apollonia.

APOLLONIA

Abandonner les dieux? Ceux qui adorent le sanglant Mithra ou le noir Sérapis ont-ils pour cela délaissé Kypris et Démèter? (*Elle va vers l'autel et dit dans la posture des suppliantes*) : Toi, Christ, qui es assis près de Zeus dans le divin Olympos.....

LE PRÊTRE

Tais-toi, blasphématrice! Si tu veux être chrétienne, il te faut oublier tes autels salis. Car mon Seigneur est le seul Seigneur et ne veut pas d'idole à ses côtés.

APOLLONIA

Il ne faudra plus alors, qu'entourée des jeunes filles, j'aille honorer Poseidaôn. Je ne le prierai plus pour mon fiancé. Je devrai délaisser les augustes Olympiens. Tous je les oublierai, et pour qui?

LE PRÊTRE

Pour qui? Pour l'Éternel tout-puissant qui a conduit les Hébreux hors de l'Égypte et pour Jésus son Verbe, qui est descendu parmi les hommes et a souffert pour eux; pour Christ qui a rendu ineffable et méritoire la croix jusqu'alors honteuse, pour le Fils de l'Homme qui est mort, a ressuscité le troisième jour et nous a rachetés.

STRATYLLIS, *se rapprochant de Myrrhina*

J'ai peur.

LE PRÊTRE

Il faut te vouer à lui tout entière, il n'admet aucun partage; sinon laisse mourir ta mère, car elle est sauvée si tu renonces à tout.

APOLLONIA

A tout! Et Manticlès?

LE PRÊTRE

Tu resteras vierge; Bérénikè t'a consacrée. Je te conduirai vers mes frères et l'eau baptismale lavera ton front. Je t'enseignerai, et parmi le troupeau des femmes vouées à Christ, tu seras l'une des plus pures et des plus belles, et ton sacrifice sera bienvenu, parce que tu auras sacrifié beaucoup. Efface le passé, rachète les péchés anciens, éloigne les tentations nouvelles, oublie Manticlès.

APOLLONIA

Jamais.

MÉNŒCHOS

Fuis cet imposteur.

STRATYLLIS

Songe à Sostrata.

MYRRHINA

N'écoute pas ce prêtre morose. Le triple Bakhos, le Bazaréen à la mître d'or sauvera ta mère.

LE PRÊTRE

Christ seul peut sauver. Entre tes mains est le salut de Bérénikè. Quitte tes compagnes et viens avec moi.

APOLLONIA

Ma mère!... Stratyllis... les dieux... Que faire?

MÉNŒCHOS

Je te défends de le suivre. Prêtre, Iphis m'avait confié sa fille. C'est moi qui devais, au jour des noces, lui ouvrir les portes du gynécée. Mais je ne veux pas te la livrer pour qu'elle vive tristement chaste et chrétienne.

LE PRÊTRE

La volupté c'est le mal.

MÉNŒCHOS

Tu mens! Eros est toujours roi!

LE PRÊTRE

Le Roi! Il viendra bientôt, porté sur les nuées. Viens, Apollonia, tu le connaîtras.

APOLLONIA

Je me sens mourir..... et je voudrais la mort. (*Elle regarde éperdûment tous ceux qui l'entourent.*) Je vous en prie, secourez-moi.

MÉNŒCHOS

Reste à mes côtés. Ne crains rien de cet homme et de son dieu roux et laid. Comment veux-tu qu'il triomphe des invincibles immortels?

LE PRÊTRE

Il les touchera, vos statues, et elles tomberont en poussière. (*Il étend la main vers l'autel.*)

MÉNŒCHOS *se place entre l'autel et le prêtre, et, le poing levé, il crie d'une voix terrible*) :

Ne le touche pas. Ne souille pas de ta main l'autel sacré, car, par Zeus, prêtre, tu verrais que Ménœchos n'est pas un faible vieillard. Ose approcher, toi qui insultes les dieux!

LE PRÊTRE, *à Ménœchos*

Tu ne connais pas Christ.

MÉNŒCHOS

Je connais ses prêtres. Je connais leurs mensonges.

LE PRÊTRE, *se tournant vers Apollonia*

Apollonia, je t'expliquerai les divins mystères.

MÉNŒCHOS

Aux sanctuaires d'Ephèse et d'Eleusis, nos prêtres savent les choses cachées. Et toi, en échange de sa jeunesse, quelle merveilleuse science lui donneras-tu?

LE PRÊTRE

Nous avons le Livre, le Livre qui contient tout. (*à Apollonia.*) Suis-moi, et bientôt tu liras la parole.

APOLLONIA

Hélas ! Que veut ma mère ?

LE PRÊTRE

Tu peux la sauver, tu ne le fais pas.

APOLLONIA

Horreur ! Je serais parricide ! Horreur ! Je crois vous sentir autour de moi, Erynnies vengeresses. Fuyez, chiennes furieuses ! Vierges des ténèbres ne me saisissez pas ! Je veux sauver ma mère..... Mais Manticlès..... (*Elle pleure et s'asseoit sur les marches de marbre.*) Pourquoi le destin nous poursuit-il ?.....

MÉNŒCHOS *atterré*

Le destin ? Peut-être.....

LE PRÊTRE

Allons !

STRATYLLIS et MYRRHINA

N'y va pas, reste avec nous.

APOLLONIA, *sanglotant la tête entre ses mains*

Mère !... mère !...

LE PRÊTRE, *s'approchant et la touchant à l'épaule*

Vois !

(*Il étend la main vers la porte de droite. Tous se retournent et Bérénikè apparaît sur le seuil soutenue par une servante.*)

SCÈNE VI

APOLLONIA *(Elle se lève et tend les bras vers sa mère)*

Ma mère !

BÉRÉNIKÈ

Va.

MÉNŒCHOS

Bérénikè, pense à Manticlès.

BÉRÉNIKÈ

Je pense à Dieu. *(A Apollonia.)* Va, le Seigneur l'ordonne..... je t'en prie.

APOLLONIA, *pleurant*

O Manticlès !...... *(Elle se tourne vers Ménœchos.)*

MÉNŒCHOS, *rêvant les bras croisés sur la poitrine et la tête baissée*

Le destin...

LE PRÊTRE

Viens !

(Apollonia se précipite sur sa mère et l'embrasse. Bérénikè se redresse et montre la porte de gauche.)

MYRRHINA et STRATYLLIS, *veulent arrêter Apollonia*

Reste !

APOLLONIA, *au prêtre*

Je te suis. *(Elle écarte violemment les deux jeunes filles et sort.)*

SCÈNE VII

LES SERVITEURS, MÉNŒCHOS, STRATYLLIS, MYRRHINA, BÉRÉNIKÈ ET LA SERVANTE

MYRRHINA et STRATYLLIS, *tournées vers la porte extérieure, qui est restée béante*

Apollonia !

BÉRÉNIKÈ

Gloire à Christ ! *(Elle rentre dans la maison.)*

SCÈNE VIII

STRATYLLIS, MYRRHINA, MÉNŒCHOS

MÉNŒCHOS, *s'avance lentement vers l'autel*

Crucifié, il te fallait encore cette victime. Bientôt aucune femme dans la Hellade ne s'inclinera plus devant les autels antiques. Hélas ! hélas ! les dieux vont-ils mourir ?

FIN DU DEUXIÈME ACTE

ACTE III

La nuit peu à peu se fait sur les jardins et les collines. C'est un soir clair d'été. Au delà de la brèche, parmi les dernières lueurs du crépuscule, une croix étend ses bras noirs dans l'or des brumes.

SCÈNE PREMIÈRE

MÉNŒCHOS, DÉMOPHOS

(*Ménœchos, assis sur un banc. Démophos debout devant lui.*)

DÉMOPHOS

Karmidas de Sicyone est venu chercher les chèvres blanches ; il les paiera aux vendanges.

MÉNŒCHOS *relève la tête.*

Autrefois, parmi les rochers de la plage, le long de la mer retentissante, Apollonia conduisait elle-même ces chèvres qu'elle aimait. Je me souviens..... Elle riait en faisant jaillir le lait écumant de leurs mamelles..... Elle avait promis d'offrir aux dieux la plus belle de ces chèvres le jour où elle reverrait Manticlès. Elle ne te reverra pas, jeune homme aux douces paroles ; je ne sais en quelle terre lointaine tu te caches ; mais elle, je sais trop bien où elle est : il y a près de la maison sous les noirs cyprès une tombe où l'on a mis les signes du dieu étranger.

DÉMOPHOS

Ne prononce pas son nom; il pourrait jeter sur toi des enchantements. Vois Apollonia : depuis le jour mauvais où le prêtre l'a entraînée loin des autels, elle n'est plus venue visiter les vignes et nous avons connu des vendanges tristes. Elle a langui, pâle et affligée. Et maudit soit le mois où elle est morte, entourée de ces chrétiens !

MÉNŒCHOS

Jadis les femmes thessaliennes jetaient des charmes sur les hommes qu'elles haïssaient. Maintenant, on dirait que des magiciens puissants ont enchanté la Hellas entière et tout le vaste univers. Ils ont vaincu les anciennes évocatrices. Peut-être ont-ils vaincu les dieux qu'elles appelaient; peut-être, à la voix des sorcières, Sélènè ne descendrait plus sur la terre, parce que Sélènè aurait vécu.

DÉMOPHOS

Pourquoi ne serait-elle pas morte la déesse aux flèches d'argent ? Des présages inouïs troublent la terre et le ciel ; des bruits funèbres ont résonné parmi les chênes de Dodone et les hommes se répètent d'étranges récits. Un soir les pêcheurs qui viennent vendre leur poisson aux vignerons sont entrés en frissonnant dans la maison et leurs paroles nous ont glacés d'épouvante. Ce soir-là, Ménœchos, les vagues de la mer avaient rejeté sur le rivage le corps sacré d'une Néréide expirante. Elle tordait ses bras blancs et levait éperdûment ses mains divines vers les étoiles ; et, sur la plage où retentissaient des rumeurs mystérieuses, les pêcheurs avaient vu mourir la fille auguste du vieux Néreus.

MÉNŒCHOS

Hélas ! hélas ! si les Olympiens périssent, si la race des dieux est vaincue, comment résisterons-nous? Partout, dans la Hellas fleurie et dans le noir pays des Barbares, des prodiges éclatent aux yeux effarés. On dit que des guerriers surnaturels se lèvent contre les dieux. Dans la lointaine contrée d'Asie où triompha Bakhos un héros inconnu a surgi. Il était suivi d'hommes armés de thyrses et vêtus de peaux de lions. Pacifique, il a traversé la Phrygie et la Thrace. Il est venu en Khalkédoine, et, la nuit, il a accompli de terrifiants sacrifices. Puis il a disparu.

DÉMOPHOS

Aujourd'hui dans les champs de blé et dans les vignes splendides, les travailleurs ne connaissent plus l'antique joie; de vagues terreurs serrent le cœur des jeunes filles. La terre est triste, Ménœchos.

(A ce moment, on entend au dehors un grand bruit.)

MÉNŒCHOS

Quel est ce bruit? On dirait qu'un cavalier passe sur la route.

(Il sort par la porte de gauche. Démophos reste sur le seuil pour écouter. Bérénikè entre par la porte de droite.)

SCÈNE II

DÉMOPHOS, BÉRÉNIKÈ

BÉRÉNIKÈ

Où est Menœchos? Tes comptes sont-ils rendus?

DÉMOPHOS

Oui.

BÉRÉNIKÈ

C'est bien, iras-tu demain à la maison des champs?

DÉMOPHOS

Je partirai dans la nuit. Je veux être là-bas avant l'heure matinale où sortent les laboureurs et les bergers.

(Il sort par la brèche.)

SCÈNE III

MÉNŒCHOS, BÉRÉNIKÈ

Bérénikè! Manticlès arrive. Un messager vient de l'annoncer; avant une heure il sera ici.

BÉRÉNIKÈ

Manticlès! Je ne veux pas le voir....

MÉNŒCHOS

Lui refuseras-tu l'hospitalité?

BÉRÉNIKÈ

Je ne le verrai pas.

(Un silence.)

MÉNŒCHOS

Quand Manticlès est parti, Apollonia l'a accompagné

sur le seuil de la porte..... Aujourd'hui l'hôte revient dans la maison, ne trouvera-t-il personne pour le recevoir ?

BÉRÉNIKÈ, *tombant sur le banc, les mains jointes*

Jésus, Christ tout-puissant, lumière du monde, ai-je bien agi ? Je t'ai consacré ma fille et tu as accueilli mon offrande puisque tu m'as sauvée de la mort. Et pourtant tu m'as encore châtiée. Avais-je de nouveau failli ? Dieu souverain qui as frappé les premiers-nés d'Egypte, pour lequel de mes péchés as-tu pris ma fille ? Est-ce ta colère qui me frappe, Seigneur ? Ou bien, en ta divine bonté, as-tu voulu me purifier ? As-tu voulu racheter ma fille et la convier aux félicités éternelles ? Voici maintenant qu'il revient, le fiancé qui devait la conduire aux autels mauvais. Est-ce une dernière épreuve que tu m'imposes, Seigneur ; et le fais-tu venir vers moi pour réclamer celle que je t'ai donnée. Que faire ? Faut-il le chasser de cette demeure à présent chrétienne, ou faut-il essayer de gagner à la foi révélée et à la vérité sainte le gentil qui vient vers moi ? Faut-il lui enseigner ta parole et le réunir à sa fiancée dans l'éternité de ta gloire ? Jésus conseille-moi.....

MÉNŒCHOS

L'heure avance. Qu'as-tu décidé ?

BÉRÉNIKÈ, *relevant la tête, parle d'un air inspiré*

Écoute. Je vais me retirer. Reçois Manticlès. Seulement, ne lui parle pas d'Apollonia. Il ne faut pas qu'il connaisse déjà notre deuil. Demain je lui parlerai. Ce soir je n'en aurais pas la force.

(*Bruit au dehors.*)

MÉNŒCHOS

Le voilà.

BÉRÉNIKÈ

Je m'en vais.

(Elle sort. On frappe à la porte de gauche. Ménœchos ouvre.)

SCÈNE IV

MANTICLÈS, MÉNŒCHOS

MANTICLÈS

Je te salue, Ménœchos, au nom des dieux immortels.

MÉNŒCHOS

Sois le bienvenu dans la maison, Manticlès.

MANTICLÈS

Me voici enfin dans la maison d'Apollonia. Des dieux cruels m'ont frappé et, loin de la blanche Khalkis, enchaîné parmi les esclaves sur le banc des rameurs, j'ai fatigué des mers étrangères. Mais qu'importent ces malheurs puisque ce soir j'ai passé le seuil de cette porte..... Mais pourquoi ma fiancée ne vient-elle pas comme jadis à ma rencontre ? Sans doute mon messager est arrivé trop tard.

MÉNŒCHOS

Oui, trop tard.

MANTICLÈS

Sans doute elle s'était déjà retirée dans l'appartement des vierges. Elle dort.

MÉNŒCHOS, *d'une voix grave*

Oui, elle dort.

MANTICLÈS

Demain, avant le jour, j'attendrai le réveil d'Apollonia. Prie Bérénikè de ne pas la faire prévenir par ses servantes. Quand elle sortira de la chambre, je veux qu'elle me trouve sur son chemin.

MÉNŒCHOS, *à part*

Tu ne la trouveras plus sur ton chemin, la douce vierge. (*Il regarde la croix qu'on aperçoit à travers les arbres.*) Là-bas elle dort l'éternel sommeil. Pourquoi Zeus a-t-il permis de telles choses? Apollonia! pourquoi le fiancé ne t'a-t-il pas prise sur ses vaisseaux? Pourquoi, avant le jour maudit où ces prêtres sont venus, ne t'avait-il pas conduite à son lit?

MANTICLÈS

Bérénikè doit, selon sa coutume, prier son dieu. Je ne troublerai pas ses invocations.

MÉNŒCHOS

Tu as fait une longue route, viens te reposer dans la maison.

MANTICLÈS

Je n'entrerai pas dans cette demeure où seules les femmes reposent, et moi, qui ne suis encore qu'un étranger pour vous, je passerai la nuit près de l'autel et j'attendrai l'aurore.

(*Il s'assied sur le banc.*)

MÉNŒCHOS

C'est bien. Il sied aux jeunes gens de respecter les daïmones du foyer.

(*Il sort.*)

SCÈNE V

MANTICLÈS, *se lève et s'avance vers la haie*

MANTICLÈS

La déesse au manteau d'argent fait errer ses baisers sur le jardin embaumé de chèvrefeuilles et les arbres paraissent pâles d'amour. Jadis, en des soirs adorables, je marchais avec Apollonia sous les ramures en fleurs et il me semble qu'elle va paraître et glisser paisiblement dans les allées silencieuses. Mais je ne sais pourquoi, dans l'amicale paix de la nuit une étrange crainte m'oppresse. Là-bas, les oliviers des collines sont pareils à des fantômes ; la brise bruit dans les feuillages et j'ai cru surprendre un sanglot. Souvent, bien souvent, cette terreur inexplicable m'a saisi. Elle sort sans doute des choses et tout semble tressaillir d'effroi dans l'attente des jours nouveaux. Le souvenir me revient de cette soirée où j'écoutais un pilote revenu des pays lointains. C'était sur les côtes de l'Asie mystérieuse et l'homme racontait : Un jour, sur la mer tyrrhénienne, dans les airs brusquement obscursis, un grand cri avait retenti : « Pan est mort, le grand Pan est mort. »

Quels événements terribles se préparent pour qu'ainsi d'effrayantes voix viennent nous avertir? Mais je veux oublier et ne songer qu'à ma bien-aimée. Les heures vont se traîner, lentes. Puis quand resplendira la vermeille aurore, Apollonia s'avancera vers moi et nous irons cacher notre amour parmi les lauriers et les troënes.... La peur malgré tout étreint mon âme et, je le sens, toi seule, douce amante, la dissiperas. Pourquoi n'as-tu pas quitté ta couche de vierge, Apollonia !

SCÈNE VI

MANTICLÈS, LE SPECTRE D'APOLLONIA

(Pendant les dernières paroles de Manticlès, le spectre d'Apollonia entre par la brèche.)

APOLLONIA

Manticlès !

MANTICLÈS

Toi ! Tu as donc entendu mes paroles dans le profond gynécée. Tu t'es levée et tu as franchi les portes pour venir me trouver?

APOLLONIA

Oui, elle est profonde la demeure où ta voix m'a éveillée. Oui, j'ai franchi les portes qui ne s'ouvrent jamais.

MANTICLÈS

Que de fois sur les trirèmes errantes, à l'heure où tu reposais en ton lit d'ivoire j'ai crié ton nom au vent de la mer et tu ne m'as pas répondu !

APOLLONIA

Les temps n'étaient pas venus. Aujourd'hui, quand tu serais plus loin que les colonnes d'Héraklès, je t'entendrais.

MANTICLÈS

Ne pensons plus aux épreuves passées. Je veux effacer sous tes baisers la mémoire des jours mauvais. Mes mains sont encore endolories par les rames, mes épaules sont encore meurtries par le fouet, et cependant il me semble que mes souffrances sont un songe frivole, maintenant que je sens sur moi la caresse de ton haleine. Je veux, ainsi qu'autrefois, t'étreindre dans mes bras. Je veux tes lèvres sur mes lèvres.

(*Il s'avance vers Apollonia, les bras ouverts. Apollonia l'arrête d'un geste.*)

APOLLONIA

Mes lèvres sont trop froides pour répondre aux baisers.

MANTICLÈS, *la regardant*

Comme tu es pâle ! (*Lui prenant la main.*) Ta main est glacée !.....

APOLLONIA

J'ai pâli loin du soleil, et l'hiver est éternel dans les ténébreuses cellules où l'on m'a descendue.

MANTICLÈS

Que veux-tu dire, Apollonia?

APOLLONIA

Apollonia n'est plus. Au printemps dernier, quand les jardins embaumés s'emplissaient de nouvelles roses, on m'a emportée hors de la chambre en deuil, et sur ma tombe pleure un morne dieu.

MANTICLÈS

Pourquoi me parles-tu ainsi, mon aimée? Quel délire te saisit?

APOLLONIA

Mais regarde-moi donc!

MANTICLÈS, *la contemplant épouvanté*

Ah!..... laisse-moi te regarder encore..... mes cheveux se dressent sur ma tête..... ma raison est troublée..... j'ai peur..... car je te crois vision!

APOLLONIA

Oui, il m'a entraînée, le Christ jaloux, celui qui étend sur la croix honteuse ses membres décharnés. Je suis morte de l'avoir adoré.

MANTICLÈS

C'est impossible..... Dis-moi que tu vis, mon âme..... Dis-moi que demain nous échangerons les anneaux..... Tu ne réponds pas? Tu sembles pâlir davantage..... Spectre adoré, je dois te croire et je ne te crois pas..... Cependant, tu t'avances vers moi revêtue de lumière et ton visage resplendit. Tes pieds blancs ne touchent pas le sol, et ta voix n'est pas celle d'une mortelle.....

APOLLONIA

J'ai voulu te revoir. J'avais juré de venir saluer ton retour, et j'ai quitté mon sépulcre humide pour te souhaiter la bienvenue.

MANTICLÈS

Que m'importe la terre qui a pressé ton corps? Que m'importe la mort même? Tu revis pour moi et tu seras l'éternel soleil vers qui se tourneront mes pensées.

APOLLONIA

Le glorieux Erôs m'a prêté sa force divine pour lever les pierres de la tombe; la nuit funèbre n'a pu fermer mes yeux qui te cherchaient au loin.

MANTICLÈS

Viens, Apollonia. Regarde : comme autrefois la lune baigne les jardins, le vent nous apporte l'odeur des plaines fleuries. Écarte ton voile pour que je contemple tes yeux pareils aux tranquilles étoiles, pour que je respire comme une moisson de fleurs ta chevelure dénouée..... Mais je suis insensé! Tu ne peux répondre à mes embrassements..... et pourtant tu es là, devant moi.. .. Est-ce un rêve? Es-tu vivante, ou vas-tu disparaître quand le coq sonnera le jour?

APOLLONIA

Pour toi, si tu le veux, je ne disparaîtrai plus.

MANTICLÈS

Aucune puissance ne pourra maintenant t'arracher à mes étreintes. Je te garde.

APOLLONIA

C'est moi, si tu le veux, qui te garderai.

MANTICLÈS

Oublions tout, mon aimée. Viens; mes lèvres réchaufferont tes lèvres, tes mains ranimées presseront les miennes, tu me rendras mes baisers et je m'endormirai sur ta poitrine.

APOLLONIA

Oui, si tu le veux, tu t'endormiras près de moi et nous nous réveillerons pour nous aimer d'un éternel amour. Mais il faut que tu me suives; il faut que tu descendes les degrés funèbres et que tu traverses de noirs pays. Alors nous arriverons à la couche où nous serons heureux. Plus jamais les étrangers ne viendront nous lasser de leurs paroles, et les soleils qui luiront sur nous seront radieux comme notre tendresse.

MANTICLÈS, *l'enlaçant dans ses bras*

Je t'aime.

(*La porte de la maison s'ouvre et Bérénikè paraît une lampe à la main.*)

SCÈNE VII

MANTICLÈS, APOLLONIA, BÉRÉNIKÈ

BÉRÉNIKÈ

Quelles paroles ai-je entendues? A-t-on perdu dans la Hellas le respect de l'hospitalité? Quel vent de corruption est passé sur nous pour que l'hôte souille la maison, pour que les servantes impudiques se livrent aux étrangers?

(*Apollonia s'avance.*)

BÉRÉNIKÈ

Qui es-tu, prostituée?

APOLLONIA, *arrachant son voile*

Ma mère!

BÉRÉNIKÈ *la regarde et laisse tomber sa lampe*

Dieu!

APOLLONIA

Que viens-tu faire ici? Viens-tu troubler ma première nuit d'amour?

BÉRÉNIKÈ, *terrifiée*

Apollonia!

APOLLONIA

Va-t'en! Tu n'as plus de pouvoirs sur moi. Jadis tu m'as arrachée aux sanctuaires vénérés. Pour te sauver de la mort, tu m'as vouée à ton dieu. Tu m'as condamnée à vieillir parmi les vierges, à jamais exilée du bien-aimé. Ils ont menti, tes prêtres! Il a menti, ton dieu!

BÉRÉNIKÈ

Seigneur, ceux que tu ressuscites se lèvent-ils contre toi?

MANTICLÈS

Bérénikè, qu'as-tu fait? Iphis me l'avait promise. Toi, tu l'as donnée au roi des Juifs impurs, et les paroles magiques de tes chrétiens ont fait mourir ma fiancée.

APOLLONIA

Tu as accompli le sacrifice et le sacrifice est inutile; car mon amour est plus puissant que Jésus.

BÉRÉNIKÈ

Christ, tu l'entends et tu ne parais pas?

APOLLONIA

Qu'il vienne, le supplicié! Qu'il règne sur la terre triste, sur les bois où ne résonne plus le rire des amants, sur les villes où retentissent les lamentations des vierges. Partons, Manticlès. Tu devais préparer la maison nuptiale. Je t'ai devancé : la maison nuptiale, c'est le tombeau.

MANTICLÈS

N'ai-je pas promis d'être toujours à toi? Oui, je te suivrai, ma fiancée! Nous quitterons les pays moroses où l'on ne connaît plus la divine joie.

APOLLONIA, *à Bérénikè*

Reste seule au pied de tes autels. Meurtris tes genoux sur les pierres, implore ton dieu qui ne peut rien.

à Manticlès

Nous, par des routes merveilleuses, nous monterons au clair Olympos. Envolons-nous vers les dieux anciens.

(Enlacés, ils reculent vers les arbres, où s'éveillent de mystérieuses harmonies, et bientôt ils se perdent dans la nuit resplendissante de surnaturelles clartés.)

BÉRÉNIKÈ *les regarde disparaître; puis elle se jette à genoux, et, les bras tendus vers la croix, qui se dresse plus grande dans la lumière blanche, elle crie :*

Sauveur du monde, donne à leur âme le repos éternel.

FIN

PARIS. — IMPRIMERIE UNSINGER, RUE DU BAC, 83

www.ingramcontent.com/pod-product-compliance
Ingram Content Group UK Ltd.
Pitfield, Milton Keynes, MK11 3LW, UK
UKHW021020180726
13838UKWH00004B/1587